きみには歩きにくい星

佐々波美月

七月堂

目次

きみには歩きにくい星

ごめんくださいませ

ミの音で鳴りつづける鉄琴の音で
なにかくだものの名前を思い出し
それがなんだったのかは忘れて
テラスをぼうっと眺めていた

（蟻がいっぴき）

わたしの名前が書いてある瓶のなか
たしかに
わたしの血液が入っていて

しゅわしゅわと
泡だつさますらうつくしく
皮膚状の
讃美歌のようで
やはり、わたしは
貴殿とはちがって
うつくしい生きものである
知らない？

つまりですね
「また」と手話をして
指さきから消えなかった
さみしさ、のような
日常のしわを
きゅ、とつまんで

そのままにしながら
君とおどり
神社の輪郭を
なぞる
撫でていく
そのあいだは

でたらめだけを

いったって、いい

嘔吐

あなたの詩に登場するあなたが
すべてわたしであればいいのにと思った

月光で延命してる教室
わたしのものでない制服と
わたしのものである香水に
つつまれた
あなたがいる
美しい温度でした。
この部屋は、おそらく無菌

ふたり、机の上に
立って
一礼
背徳的ね、と微笑み
それから
手を差し出した
舞踏場の欠陥も
あなたを手繰り寄せることも
靴下ごし、木目の冷たさで
忘れてしまいそう

いっしょにおどってくれる？

ことばすら、清潔に

音楽は止んで、観客も死んだ
でもいいよ
もう
のろわれたっていい
下品でもいい
この教室で
あなたと
あなたの冷たくしめる指先だけが本物で
わたしは、いま
あなたにしか聞こえない周波で
話ができている
重力も、時間もすべて
あなたの方へ傾いていて
駆け抜けるように収斂する

それだけで
もう、
なにも……

はきだすものさえとうめいだった
あなたのとなり
汚いものしか吐けなかった

わたしを

ホワイトリリー

わたしに遺る美しい部分と
貴女が見せたいと思えた世界が
締め切った部屋で
ちょうどふたつ
飴玉が溶けだすように
混ざりあえたらいいと思う

わたしたち
きっと
何にでもなれるのね

だから、人間ぜんぶから逃げて
でも、やっぱり誰かに見つけてほしくて
熱をはかるように、額をあわせている
呼吸をしている
泣き出してしまって、酸素がたりなくなって
水の中みたいにくらくらしてしまっても
次のことばをなぞって
映写機が塵を照らして
わがままなんて知らないまま
今日までずっと
うつくしい血液を
めぐらせてきたのだね

「きみが海と言えばここは海だ」

共犯には
届かないまま

愛の準備をしろ

嫌われたくて贈った花束をそんなに大事にかかえないで、あなたのために熱にうかされるなら本望だけど、わたし、あなたと結婚ができない、心中もできない、きれいな言葉もかえせない、だから、綺麗なものしか愛せないと言ったあとに、わたしをじっと見つめるのはおかしいわ、おかしい、かわいそう、きっと頭がおかしいのね、それか嘘つき、そのどちらかのはずなのだけど、あなたはどちらでもないじゃない、だから、あなたといるとおかしくなるのは世界のほう、だなんて単純な結論で終わらせないでもっと話をいたしましょう

ねぇ、持続性、わたしの崇高、植物図鑑を繰る世界ごとあなたにあげても、いつだって、わたしの知らない角度から話しかけてくる、あなた、また綺麗に振り向けないし、あなた

と、その他への愛をわける言葉が見つからない、けど、一緒になにも、なにもないところへ行きたいと思えたのは、あなたが初めて、これだけは確かなの、ねえ、みて、今日も両目が大きいでしょう、爪がぴかぴかでしょう、鏡みたいでしょう、わたしを見るのに飽きちゃったら、鏡にうつる自分を見てね、わたしに止血をしないでね、大丈夫、新しいことばをおぼえたの、だから、また、あなたに会いにいく、わたし、わたしのこと、濾過していいから忘れないでね

拝啓、

わたしはいつだって自分の葬式のことばかりを考えているが火葬のさいにはわたしの棺に夢日記と卵白と砂糖と薄力粉をいっぱいに入れてほしいと思うそうこれは遺言である火にくべられ終えたときにでてきたわたしはでかいシフォンケーキのなかに埋まっているというわけだバニラエッセンスがあればなおよいああ手はつけてくれるなよ冥途の土産にするのだから地獄で腹でも減ったらみじめじゃないか式場では大森靖子を流してくれケーキとケーキの感触とケーキの匂いとケーキみたいな音楽があればきみの五感をぶん殴れるんじゃないかと思うんだけどそうだね味覚が足りないなしかたがないからちょっとだけシフォンケーキを食べてもいいよそりゃ寛容にもなるさなにせわたしは死んでいるんだからこれは前々から思っていたことだが恋愛とは淫乱のすることだ不潔だしたぶん変な匂いがする安いスライムみたいなべたつきもあるきれいじゃないわたしはというときみにできるだけ

長いあだ名で呼んで欲しいしきみのくるぶしだけを見ていたいと思うがこの気持ちは高いスライムのべたべたなのだ分かるか格が違うのだ容易に触れたらかぶれてしまうぞわたしの宝物はつよいのだからこの街が水に沈んだらわたしはイワシと登校する水の中ならランドセルも軽いうんていもできる跳び箱でけがもしない喉も乾かない人々は自由におよぎまわる魚になるきれいになるわたしの前世は魚だったのだろうかだとしたらきれいな鯉だったら嬉しい神社にいるやつじゃなくて誰も知らないところでずっと泳いでから死んだきれいなもようの鯉だったら嬉しいそういうこと考えるので忙しいからいまはきみとは遊べないこれは秘密の感情なのだがわたしはゴスロリが着たいしペディキュアをしたい髪の毛も染めたいし火葬でケーキを焼きたいケーキを焼きたいこんな風に言いたいことを言うのが強さだとは思わないけれども言いたいことを言わないのは賢さでないのだろうという不思議さっきからずっと吐き続けているみたいな感覚で気持ち悪くてこわくて涙が止まらないけどこれは生理的なやつなのでそこだけは言い訳させてほしい

浅い呼吸

「あなたの耳を見ます、わたくしの作った耳飾りが煌めいて、少しだけ、耳たぶがあかく、腫れています、その事実だけを希望にして、わたくしは生きていける、と言ったら、あなたはどう調理してくださるのかしら」

「夜目がきかないから、地球におひるがあってよかった、夜目、という言葉を、わたしが征服できるかもだもの、わたし、悔しかったら悔しいし、眠る、けど、感情規則もぜんぶ、きみが作り出せばいいいなって思ったよ」

「世の中のおぞましい言葉すべて、不埒、に置き換わってしまえばいいのだわ、文化、文化を滞らせたいの」

「おまえも、わたしも、ただの肉のくせに、どうしてきまって、水曜日にばかり泣いてしまうのだろうね」

「ふすまを一枚隔てたとなりで、弟が泣いている気配を感じる時間がすきだった、やはり彼とわたしは同じものでできていて、そんな気持ちの悪い事実を、少しだけ肯定できる気がしていたのだ」

「不整合に邪なきもちよさしか感じないので、現代社会はとても生きやすいけれど、受精卵のときから君に愛されていたのだとしたら、それはちょっときもちわるすぎて泣いちゃうな、わたし、二十四時間営業ってきらいです」

「盗撮されたぼくだけがひとり歩きして、最低を自覚した笑顔を向けるくせに、なんだってぼくの内面を知りたがるのだろう、小公女がすきでした、って言えば満足してくれたのかな」

「不良がひとを殴りたくなるようなとき、きっと、わたしは殴り書きをしたくなるんだね」

「本当はずっと前からもうなにもいえることなんてなかったのかも」

「to　あのこ」

「身体は、圏外」

「せんせい、宇宙はいつなくなるの」

意味もなく怪我をすることがある
切れた指先で料理がしたい
さいきん
文字がうつくしい絵にみえます
言葉も音楽にきこえます
せかいがきれいになってゆきます
意味もなく
鈍く

（わたしたちは守られていた）

（教室の埃に咳き込んだとて）
（新品のノートに）
（綺麗な文字で名前を書いて）
（都合の良い夢ばかりを見た）
（白い制服を着て）
（あなたの国で）
（ころんで）

覚えていたかったこと
なんにも思い出せないでいる
処女のまま見下されたい　わたしを
征服してみせてほしい
ねえ　せんせい
せかいって　どこにあったの
なにも吐けない　まぶしくて　まっしろなばかりで

せんせい　どうして　あなたまで　そんなに
そんなに　うつくしくなって
焼ききれるばかりで
わたしはもう　焼ききれるばかりで
ほくろから　燃える星になってゆく
そのたび
すくえなかった言葉がてのひらから彗星みたくかけて　国をかけて　それはたぐり寄せて
やっと聞こえるくらいの音で　今　みえてくる　あのひとつ　あのひとつひとつが肺で
酸素ばかりのむわたしの肺で　正解や祈りがいまおそろしく交わってゆく朝まで　星座に
なる　なる　なるための速度が　わたしの頭上を　泣きそうな脳をつらぬいて　白く　白
くて　灰でもないのに　白くて　それでも届かず　ぎりぎりの　やっと聞こえるくらいの
火花になって　爆発するように　しずかに　地平が解かされる一瞬　やはり
あなたにならなくて
傷に　答えに　ならなくて
耳鳴り　まぶしく

なにも吐けない　わたし
まぶしくて

なにも
吐けない

なにも

どうか、
また

こと
ば

を

かきぞめ

恥ずかしいことしか言えない、恥ずかしいことしか、言えないんです、好きな女の子の誕生日に、大まじめに、自作のラブソングを贈るみたいな、そういう恥ずかしさばかりを、わたしはいつも大切にして持っている、捨てることができない、異物にできない、こんなきもちすら、いつか産み落とさなきゃいけないのなら、人のかたちではやりたくないな、けれど、なにかの暴力がはたらいて、それはもうぼこぼこに、痣だらけにも生まれてしまうのなら、ちゃんと、一緒に泣けたらいいな。

（移動）

目があう、やっぱりかわいいね、きみは、せかいでいちばんかわいいよ、もし、わたしがきみを好きな理由が自己投影だったら、いやだな、自慰みたいでいやだな、見下しちゃう、品がない、品がないのはだめだもの、嫌いになるかな、忘れないでほしいな、都合よく美化して、わたしの過去とか、未来とか、ぜんぶ創作して、思い出みたく覚えていてほしいな、だってきみは、わたしの切り傷ひとつすら、うつくしく、見ないふりをするだろうから、どうしようもなく、そうおねがいしてしまうな。

（移動）

くたくたのぬいぐるみに顔をうずめると、わたしのにおいがする、無味でいたいのに、このこが存在するかぎり、わたしは夢にはなれないのだわ、ごわごわしてるし、めだまなんて取れかかってるけど、きみは病院には行けない、かわいそうになってしまって、かわいい、歌を歌いたくなったよ、とびきり救いのあるやつを、きみにだけ教えるから、わたしが眠ったあと、みんなにも伝えたらいいよ。

（移動）

からだがうごかない、新品のコートはかわいいんだけど、ちょっと重くていやになる、海底を散歩してるみたいな気分、だけどさ、ここは海底ではないのだし、それってつらいだけじゃんね、純粋な嫌味、いや、いや、そんなことはないよ、街が水に沈む想像、何百回目かな、ここはわたしが生まれる、べき場所ではなかった、そうだよ、わたしの愛は、足は、どこにあるのだろう、きみに会いたい、九十九里浜でバナナフィッシュを探したい、だめかな、一月は、まだ寒いから、春休みとか、どうかな?

へたくそな風景画

夏服がこんなにも白いのは
刺殺の多い季節だから
みんな裏の裏まで知ってほしくて
知ってほしくて必死なんだよ

しらじらしく　わたし
白昼夢のなかでうだっていたが
水色の油絵具がべつに冷たくなんてないことを
知っているくらいにはもう大人だった

きらいになったわけではないんだよ
誰かに着けられていたわけでもないんだよ
通学路の文の字の
すきまのさんかくが怖くて
SFみたいに逃げていたら
夜になっただけ
音割れした愛のない
しずかな国を探していただけ
いつだって　ほら
ちゃんと帰るしかないでしょう

さみしい患部に薬を塗ったら
明日こそまじないから解かれますようにと
うるさい街に溺れていくから
朝起きてすぐに氷を噛むから

サイダーに沈む金平糖を
掬いだすように
たすけて！

テレパシーをおぼえた十七の夏
第六感できみを待つ

こんにちはじゃない

世界の進歩で生まれたきみの毛穴、あたらしい電波で遠のく、わたしの家から宇宙、アフリカ、きみの家、ほらご覧、みんなが笑うとき、手のひらを目に押しつけるのは、お手軽にさみしくなるためなんだって

救われたい人がみんな救われたあとの世界、の、挨拶（なんだろう？）薬効でかじかむわたしの指先は、健やかに、安らかに日々を繋ごうとする、それでも、皮膚は特別にやわらかくはないこと、薄膜のしあわせ、ねえ、これからは、うれしい気持ちだけが歴史になるみたいだよ

赤ちゃんだったきみにあげた仔犬のぬいぐるみ、ルーシー、大切に大切に捨てられたんだ

ってね、そんなことすらジャックポットになった街は、きみが、きみに似た痛いを歩いても、抱えても、いつも、きみが息をするように息をする

どうせならば「愛しているよ」「僕も」で始まるメロドラマがいいな、いちばん幸せの部分だけが続くこれからと、惰性で回す無料10連、すらりすり抜けて、きっと会いに来るきみをきみをきみを、わたし、こんなにも愛している！

偏食のアンセム

菓子の残骸へ葬式みたいにカーテンをかけるとき、わたしはいつも、真面目に寂しくなった。どんなに好きになった女の子も、さいごには、食べられないものを食べて笑った。分かるかな。わたしが怒ってるのはお母さんのせいでもわたしのせいでもなくて、神さまのせいなんだ。だから本当は、わたしは誰にも謝らなくてよかった。そう言うと先生のほうも真面目に怒った。いのこりさせられて、かんがえて、わたしは思った。やっぱりわたしのせいだったかも。わたしって神さまだったのかも。

これは先生にも秘密だけれど、三歳のときに飲み込んだ、ガラスのツリーのちいさいオーナメント、あれね、わたし、間違って食べたわけじゃなかった。飴と間違えて、卑しいねってお母さんは言ったけど、ちがう。あれは、本当に、食べようとして食べたんだ。今なら分かる、あれが、わたしの初めてで、最後の、ただしい食事だった。わたしの身体には、その時のガラスがまだどこかに埋まっている。きらめいている。それがあんまりにもきれいだ、というかどで、わたしは罰を受けて、いま、こんなふうに生きている。きっとそうだ。神話みたいだ。わたしの身体は神話である。

ガラスが、ゆめみたいに光るので、
今日もレモン水だけを飲んでねむる。
わたしって、本当にそれだけ。
分かるかな、治療はけっこう、ということです。

ミクス

あたしのセンチメンタルはあなたの九九に勝つ。

正しさの内臓を見せつけてくるのはかつて戦友だったひと、あたしはつま先の、さらにつま先の先から無敵になっていく気持ちがする、雨中のすきまでは品性下劣なインターネットのさまざまが発光して、あたしは錆びた指輪だ、精巧な銃器だ、好きでもない人の血肉だ、と、少しずつ王手に近づいていく、（献花しよう！）、これは幼い、わけではないの、だって、さみしいひとはいつまでもさみしい、足のもつれるようなエレジーの前では、どんな実験も、カラオケ大会も無意味で、たとえば、アメーリアの軌跡だけが、蟻の道しるべみたいに点々とゆらめいたり、これからずっとザネリが影に苦しんだりすることは、あたしの勝手な点つなぎにすぎない、ループする街、あのね、あなたを甘く撥ねてから、なおる病気をうつすためにするベーゼは、し、た、た、か、で、それはあたしの来世にも存在しないみたいなナンセンスなのだけれど、麻痺毒みたいにねばつく呪いのせいで、皮膚……そう皮膚科に行くあなたの、濁らせた目、から、カラーピッカーを連想しちゃうくらいには、あなたが好きよ、さよなら、きっと、夢のサインにもなれない、ひと。

嚥下、服薬、ひとまわりの邂逅

苺はどこがいちばん甘いんだっけね
なんて言いながらまるごと飲み込んだ
きみだって、軽薄
くすねたタッパーに
さらにくすねた朝ごはんを捧げて
ちいさい蜘蛛とやり過ごす
そうだ、そうだった
みじめだったから
鉛筆を尖らすみたいに
爪をみがいたのだった

ここにだけ巡る血
ここでだけかさつく皮膚
ここをだけ信じる人、人
いつもぜんぶまやかしでも
騙されなきゃ始まらないって
わたしはおもうよ
きみも
世界平和とか本気で短冊に書いてたじゃん
みんなが大丈夫だって卒アルでも言ってたじゃん
きみのエンターテインメントはぴこぴこと瀕死
謹慎
ほら、真摯、に
目でもつむっていればよかったのにね

神さまなんて
出会ってから信じればいいのと
わたしの神さまが笑うから
ここが、わたしの誕生日だった
おめでとう
きっと、いつかは解けるように
みんなつながって
溶けるように
なって
やっと
きみをしることができるよ

わたしが霧となる場所に
死じゃない花が咲くように

きみには歩きにくい星

いつか棄ててしまった
シーグラスに似たさみしさを
おぼろげな輪郭だけをたよりに
かきあつめ　かざした

ツツジの蜜の味を知らぬまま
大人になったことを悔やむような
軋みきった身体がいまだ
くすんで熱を持つような
片手におさまるくらいの幼さを

ひとつとて取りこぼさぬよう
ゆっくり　ゆっくりと歩く浜辺
きみが
そのまっしろな肌を陽に照らし続ける限り
世界がどう傾こうとも
きみはゆるされている

花弁を丁寧に切り分けた
指さきはこんなにも美しく
また
けして愛せはしなかった日々を
もうひび割れていくしかない星を
しずかな熱でふさいで
凛と
ただ凛と

機能していくためだけの祈りだとしても
きみはゆるされている

うつろな青

熱

ちょうど

溶けあえはしない

体温のような

あまりにもつまらなくて
はずかしい　眩しい　もうどうしたって明けない

明ける　白む　溶けることを忘れて
きみだってそうだ！　きっとぜんぶとうの昔に終わっていて
ここは七日目の夢なのだから　眠ってしまってもよかった　歩かなくてもよかった　だっ
てみんないってしまった　違う　熱　のみこめない青　きみだ　眠らないでいるのはきみ
だ　陽が刺している　ぢっと刺している　きみを　それでも透かしている　おぼろげで
よわく　消えてしまいそうな　さみしさ　揺れる　透ける　明ける　白む　溶けることを
忘れて　ちかちかと明滅する　星　救い　ゆるしなどもう　きみをつなぎとめない　あた
たかい　生傷　傷　が　ちらちらとひかる　きみと　きみの　ひかる　ちらちらと　つづ
く　つづくしかない　世界　星の　星の果て

その果てに

きみはゆるされている

まっすぐとすきまのない身体を

きょうも巡る
正しさ
きみは　きみを見つめている

神性

やけに抽象的で
だれも傷付ける気になれない
さみしい病気のような夜は
忘れられない匂いや
きみばかりをめぐらせて
わざと、ひとつなくしてみせたりする

だれを愛したこともないのに
世界平和のことばかり考える間抜けさに
（どれだけ痣ができても）

(すべて忘れてしまうかのように)
(まっしろに治るその肌に)
引き合わされて
くみあわせていた指で
どうしようもなく
祈っていた
祈っている
祈りつづけていた
のは
きみの中のまぼろし

幸せになってください、きっと、僕のしらないところで。
ふれたら、すりぬけてください。
きみのこと、なにも、知らないままで
どうか……。

下手くそな和訳みたいな愛だ
僕は
きみの純潔な街

かきぞめ2

愛ってぜんぶ恥ずかしいのかもと思ったら生まれることすら嫌になっちゃったから、愛だけは恥ずかしくないことにしてわたしは生まれた、それからずっと息しにくいこと、隠されていること、みんなには秘密だけれど、ここは清潔だから平気、あきれるくらいひろい世界で、みんなの分の正しいも、愛も、わたしがちゃんとやっておくから、きみだけはどうか、少女のままで眠ってね。

（移動）

鮮やかな靴底を、もっと鮮やかなタイルに混ぜて溶かしていくのが散歩、という夢をみた、夢日記だって、書いている間に創作になってゆくように、わたしだって、生きているうちに少しずつ作り物になっていく、きみの走馬灯のための身体、それってうれしいことだけれど、終わりのあるものにだけは喩えないで欲しいな、有史、わたしはたしかに、病めるヤモリであった。

（移動）

いじわるな気持ちで焼いたケーキを誰にも食べて欲しくなくて、ひとりで、ぜんぶたいらげちゃった時みたいに、ちょっとどきどきするさみしさばかりを、また、かきまぜて、かきまぜて、魔法もなにひとつ使えなくて、肺いっぱいに吸ったって消えないみたいな、本当はこんな愛なんかより、暴力の方がずっと得意だったたってきみに言ってみせたかった。

（移動）

今回はだれかをきっと許せるようになろう、誰にでもなろう、どこへでも行こう、そう、泳ぐように思って、潜った、電子の街のいびき、だれの探しものだって見つからなくても、なにかの鍵を大切にしまって、しらない言葉をしらないままなぞるような、きみと少しだけたのしい歌を歌えるような、それくらいの気持ちで習った音楽だけ、ちょっとだけでも、どうですか?

少女は毒

マトリカリア
苦く
こわれそうな指先
うすい爪
蝶の標本　を
あそぶ
はだか
ぱさつく　白に　点
点
つま先から

舐めて　すける
すきとおる　実感は
ほのかに

皮膚
だったのでしょうか

皮膚

ちょうど
溶け　きれない
うすく　一枚
舌で透ける
ざらざらした
異物は

いきもの

だったのでしょうか

血管……

　　葉脈……

　　　　指紋……

酸欠　へや
ねむっても
くるしい
めまい　めまい　めまい……
冷たく
でなく
室温に　そんな

理学みたいに
血液のような　なにか
脈の　跡は
まだ　あり
空　から　から
きっと　舌では
溶け　きれない
光が　あり
胃も
神も
傷にできない
いきもの　で
あり
へたくそに
ぱさつく　白　点

点

舐めて　すけた

実感は

ほのかに

浅い浅い呼吸

「わたしよいこじゃないかも、死にかけの入浴剤を珊瑚みたいに手のひらで転がすとき、わたしは海の歴史を想います、あなたの顔を印刷して擦り切れたシアンや、気球の浮かぶことを想います、好きだと思ったら、みんな、それになっちゃえればいいのにね」

「とっくに栄養失調の文化、不健全なわたし鎮痛剤、渋谷だったはずなのに気がつけば泥舟で、カイヤナイトみたいな飴玉を舐めて、もごもごしながら、溺れて、みたりして」

「おれが水をやらなきゃ死ぬ菊、菊、菊、菊の畑が炎天下、蒸発したおれは爛れて、じわじわと白く歪む土の匂いに死にかけている、と、オスの孔雀が発情していた、とさ、おれに」

「どれだけ突き詰めても3Dモデルでしかない彼のあ、お、い、マニキュアをわたしはしってる、画材みたいな舌触りのそれを夢で巡らせて巡らせて死ぬ時に産み落とすから私の棺桶は深海だったわけだなぁ」

「外出許可証を受理されて合法的にみかんのおつかいに行く瞬間だけ十月の胸は高鳴った、あらすじの書けない子供であった過去が薔薇の刺繍に生まれ変われるような気がして、夢で、こんなことすらあなたは歌にしちゃうから、ちょっと怖いのはないしょ」

「自己紹介って苦手、だって、精神か肉体をBETしないと始まんないのバグじゃんね、止まない雨は無いとかお前、オアシスの無い砂漠で言えんの?」

「世界で一番あたまが良いのにおもちゃみたいな服を着るあなたと紐解く異種婚姻譚、玻璃を縫うのとおんなじ仕組みで愛は定義されてしまうのに、雷管を抜くことが意地悪になるのなら、わたし、嘘吐きの額から順にキスしようかな」

「友達が名前をつけたアレを食べられなくて泣いてるところを下界のテレビに撮られてしまった、わたしの悲しみは共感可能なものとして今ごろ電波と大人のクピドになっているだろうけど、本当はもっと、神さまみたいな、崇高な」

「耽溺死、歴史、摩訶不思議、式」

「月の入江で会おうね」

People・殷雷・ん

ネオ鮮魚ライン時代の幕開け、タトゥーすら良く洗えば落ちる石けんができて、比喩たちはそれぞれ行き場を失ったので、やがて、愛は何も指し示さなくなった、すべてが急速に抽象になってゆく街で、耳をすませば、広告のネオンがばちばちと擦れる音が聞こえ、もういない猫の鳴き声がかすかに交じる、いきものを殺しても血が出なくなる季節と、ぎりぎり血が出る季節とだけがめぐり、四季はじきに二季になった、言葉より先に手が出、手より先に意味が出、桜は散るからこそ儚いと本で学んだ大人たちが、大真面目にわたパチで植樹をし、その希望に満ち満ちたまなざしのおかげで、未だ見ぬ微生物が意外とこっそり元気になる、マニキュアは塗っても塗っても乾かず、鼻緒は直しても直しても切れるのに、欠けた歯をすぐに治せはしないままで、ネモフィラ畑を滅ぼした人たちが、罪滅ぼしに一億色のいろ鉛筆を作り、その年に子供たちが描いた夢は、どんな過去なんかよりずっ

と豊かであったらしい、理由のない善意はなくなったが、これは実際になったのかどうか
わたしにはまだ分からず、なんとなく胡散臭いような気持ちで、ざらついた空気をめいっ
ぱい吸った、話題の走馬灯サービスではなぜか事故が相次ぎ、さいきんは地元のフードコ
ートしか映らないみたいなのだけど、わたしは案外、それだけがほんとのような気がして、
ならない

ねっ、こんな時代だけど、わたしとダンスを踊りませんか！
あやふやな温度にだけ夢をみて、眠れるような気になりませんか！

七色のベイビーを産んで
でたらめな虹を作り出したとき
わたしたち
また
新時代の幕開けっ

バイオトープ

図書館の本は破いちゃだめだよ
つめ切りを知らないあのこのくるぶしに蚊
ふくらみだす都市に空気を入れたら
色や音は美しく跳ねて
やがて光も重力になり
わたしたちをわっと彫り出した
焦点なんてほんとうは無い
と
彼女は言った

次元の話をしていた

採血は好きでも
お医者さまに会いにゆかないでしょ
そのくらいの倫理観で
和英辞書をひいて
それから英和辞書もひいて
時間をとどまらせればいいの……

もしも
彼女の言うとおり
都市を照りつける日差しがピンクくなったら
ざらざらした夜景を神の国から見下ろしたら
わたしたちだけがナマだから
霧散する前にきっと逃げよう

（剃毛を）しらないまま眠ろう
細い神経をむすんで
ひらいて
数えるたびにほくろは減って
これこそがただしい身体なのだと
目の合わない地平で宣言しよう

最低なパロディ、きみも
わたしたちの爪すら伸ばせない

この都市のすべてが産道になるとき
純潔に拍車をかけて
空をゆく！

やさしい変人

リングノートを破り捨てたら
わたし　リングだけが残った
背骨みたいな
枠線があっても　四角
きれいに書けなかった
定規の使いかたが　ずっと
まちがってたよって
言われた　石田先生に
さよならのとき
演技じゃないって

思ったから　傷を
治せないかな
絆創膏　どうにか
いらないかな　できれば
できれば　きっと
神さまだったら
司れるから　きみは
なに
時　時がいい
素敵だね　変だけど
歩いていける　場所に
行ったら　赤ちゃんが
いないかな
怖いからね
身体が水なのも

想像より　アクリル　じゃないし
まっすぐ
逃げたいけど　ほら　好きだから
思ったより
パパ　とか
好きだから
アイスが　とけるのは
やだね
ほんと　夏
わたしのは　やっぱ
つまらないよね
でも
あるから　たしかに
あるからさ
未来

うれしく
ぺたついていける　ね
きっと

エンジェルナンバーちゃん

宣誓！

つま先立ちで歩いていたらいつのまにか飛べるようになったので、ごきげんじゃなきゃ歌えない鼻歌を交じらせて、街を飛んで、あなたの夢におじゃましますす、毒沼の地球とはおさらば、でも、まっしろい雪はまっしろいから、足あとは残さないのだっ、ルン、手づくりの涙袋、知らん人がつくったふたえ、いまここが傑作なのだし、ひーふーを一重ねなくても魂でしゃべろうよう、家出のえほんを読もうよう、つまんないよ、だって、温度が言語だったら、お風呂がかわいそうでしょう、昔の人も言ってたよ、月は太陽がなきゃ生きられないって、あっ、ムカつく！　あのときは黙っちゃったけど、べつに、星って光んなくても美人だしぃ、言い返しちゃえばよかったワ、どれだけ綺麗な暴力の時もー、わたし、コンシーラーはつけません、だから、いつ死んじゃってもいいや！　って思って、思ったから、カーテンを閉めないでねむれるようになったたし、常夜灯もへいきだし、ちょっとだけ人間になっちゃったのかなぁ、やだね、バニラアイスの表面、水で洗ってるみたいだァね、法律っ、が無かったら宇宙でお昼寝できるって、わたし信じてたけど、さ、こいぬ柄のブランケットまで買っちゃったけどさ、もしかして、えら呼吸できないのって社会のせいじゃないのかな、知ってる？　せんせいー、教えて、きっと教えて、ねっ、あっ、つらら！

ララ

んふ

天使みたいでしょ？

素爪

水底を蹴った足のうらに
コンクリたちの呪いがかかり
うっすらとほくろになって
みんなには秘密
湧く　よね
分かるときがある
すべて

へやを
およぐ

さかな

わたし
ふれられた
ためしはないけど
寝室
水に沈むばかりで
プールでなく
もっと　おもたい
フィクションがあって
幸せじゃなくても
なつかしいだけで
おもちゃみたいな
透明のビジューが
すりきれていって

きっときみが
言葉を　思い出せないくらいの
その程度のくるしさで
宇宙の真理と
つながれたなら

傷跡

そう

やさしくひかって

どうしようもない祈り
水平
地平

ぼんやりと浮かぶ
おなじ水面で息をすって
すって
泣きそうな身体を
脳を
ぎりぎりにたもって
世界は
世界は　塗り替わることがあるのだと
溶けだすまま
溶けだすまで

ひかっているね

泳ぎ方

だれも
とどかないところ

インカレポエトリ叢書XII
きみには歩きにくい星
二〇二一年十〇月三一日　発行
著　者　佐々波美月
発行者　知念 明子
発行所　七 月 堂
〒一五六—〇〇四三　東京都世田谷区松原二—二六—六
電　話　〇三—三三二五—五七一七
FAX　〇三—三三二五—五七三一
印刷　タイヨー美術印刷
製本　あいずみ製本

Kiminiwa arukinikui hoshi

Printed in Japan

ISBN978-4-87944-477-6　C0092
乱丁本・落丁本はお取り替えいたします。